AF343311

UN POÈME INÉDIT

LA PATIENCE

PAR

ANNE DE ROHAN

PUBLIÉE D'APRÈS LE MANUSCRIT DE LA BIBLIOTHÈQUE ROYALE DE LA HAYE

PAR

PAUL MARCHEGAY

EXTRAIT DU *BULLETIN DU PROTESTANTISME FRANÇAIS*

(Numéro du 15 janvier 1886)

PARIS

BIBLIOTHÈQUE DU PROTESTANTISME FRANÇAIS

54, RUE DES SAINTS-PÈRES

1886

J'ai inséré dans le Bulletin (*t. XXIV*) *une étude sur Anne de Rohan, dédiée à mon excellent ami Paul Marchegay, qui fut, je puis le dire, de moitié dans ce travail par le soin diligent avec lequel il en réunit les matériaux. Au précieux dossier des poésies de la fille de Catherine de Parthenay manquait cependant une pièce capitale dont l'existence n'était pas même soupçonnée, et dont un fragment a paru dans* l'Annuaire de la Société d'émulation de la Vendée, *de 1885, avec un tirage à part de l'éditeur lui-même qui n'était autre que M. Marchegay.*

Voici en quels termes il m'annonçait cette découverte, dans une lettre du 12 avril 1884 :

« Quoique la correspondance me soit très pénible, je viens vous faire part d'une grande et juste joie. Dans un manuscrit ayant appartenu à Louise de Coligny, M. Campbell, directeur de la Bibliothèque royale de La Haye, vient de découvrir un poème d'Anne de Rohan, le plus long, et je crois aussi le plus important que l'on connaisse d'elle. Ainsi renforcé mon dossier ne mériterait-il pas d'être imprimé? Il ne pourrait avoir de meilleur éditeur que vous. »

Revenant sur ce sujet dans la préface du tirage à part, M. Marchegay s'exprimait ainsi :

*« C'est à la suite d'un volumineux manuscrit dont le poète protestant Maisonfleur avait commencé la compilation pour la princesse d'Orange que ce poème vient d'être retrouvé par notre excellent ami M. le D*r *Campbell, directeur de la Bibliothèque royale de La Haye, lequel a pris la peine de transcrire le précieux*

manuscrit conservé aux Pays-Bas, et connu sous le nom de Chansonnier de Louise de Coligny. Le D Campbell a eu la bonté de nous en communiquer le texte. Sa lecture et sa comparaison avec la pièce indiquée sous le n° 16 dans notre recueil ne laissent aucun doute sur le nom de l'auteur omis par les compilateurs du manuscrit. Notablement augmentées par ce morceau, les œuvres de M lle de Rohan vont donc pouvoir former un volume !.. »*

C'était le rêve de Paul Marchegay paralysé par la maladie, et qui voulait bien me réserver la mission dont il se serait si bien acquitté lui-même. Je ne sais s'il me sera donné de réaliser le vœu exprimé à cet égard par l'ami si regretté auquel j'ai rendu un suprême hommage dans le Bulletin du 15 août dernier. Il m'est doux, en tout cas, de publier intégralement le poème dont la lecture fut une de ses dernières joies en ce monde, et de lui en laisser tout l'honneur.

Le poème d'Anne de Rohan, composé sans doute vers 1603, époque où il fut question de son mariage avec Henri de Nassau, et lorsqu'elle avait à peine vingt ans, n'est pas exempt des défauts particuliers à son époque, la recherche, l'enflure, ni du faux goût qui dépare quelquefois les œuvres de la muse poitevine. Mais il est empreint d'une rare élévation; il contient de très beaux vers, d'un accent cornélien, et il complétera le monument que de pieuses mains élèveront tôt ou tard à la fille de Catherine de Parthenay, à la sœur du grand duc de Rohan.

Jules Bonnet.

Paris, février 1886.

LA PATIENCE

A MADAME, MADAME LA PRINCESSE D'ORANGE, COMTESSE DE NASSAU

Princesse à qui le ciel, entre mille malheurs (f. 75).
Pour adoucir l'aigreur de tes maux et douleurs,
A donné un esprit armé de patience,
L'autre jour je resvoi à la grande inconstance
De l'estat de ce monde, et tant je m'esgarai   5
En ces miens pansemens qu'enfin je m'oubliai, ·
Laschant bride à l'esprit qui prompt prit sa volée,
Laissant le corps transi sous la voûte estoilée.
(Je croi certainement qu'il s'envola dehors
Fasché de demeurer en si fragille corps)   10
Mais lors il se souvint que ce grant Dieu qui darde
Le foudre en son courroux, luy a donné en garde
Le corps foible mortel avec commandement
De demourer chez luy en ce bas élément,
Jusqu'à tant que le bruit de la sainte trompette,   15
(Qui est son seul vouloir) lui sonne la retraitte.
Mon âme lors s'en vint, d'un vol comme forcé,
Rentrer dedans son corps desjà presque glacé,
Faschée qu'il faloit encores estre hostesse
D'un corps environné de travail et tristesse.   20
Alors tout estonné de ne scai quel esmoy,
Peu à peu commançai à retourner en moy ;
Mes sens estoient perduz et ma vue esblouye

N'avoit encor repris sa force défaillie,
Qu'une sainte beauté se présente à mes yeux,   25
Fille, comme je croy, du grand ouvrier des cieux.
Grave estoit son maintien, grave sa contenance,
Son regard estoit doux et tout plein d'assurance.
Il estoit humble ensemble et plein de majesté ;
Il estoit gracieux et plein de gravité ;   30
Sa démarche n'estoit à la façon humaine (f. 75 v.)
Elle sembloit glisser comme en l'humide plaine
En un temps calme et doux les naefs on voit couler ;
Comme on voit les oiseaux doucement fendre l'air
D'un vol lent et tardif, ayant l'aisle jà lasse ;   35
Ou comme on voit glisser sur l'hollandaise glace
Les filles du pays estonnant l'estranger
De veoir courir ensemble et voler et nager.
Ses cheveux sur le dos lui floflotoient en onde,
Un tortis encercloit sa chevelure blonde,   40
D'olive entremeslé d'un peu de vert laurier,
Monstrant un cœur trop plus pacificq que guerrier.
Auprès de la blancheur de sa robe trainante
Le cigne méandrin, la neige blanchissante,
Le haut des monts perdroit le lustre et sa couleur,   45
Tant estoit de divine et céleste blancheur.
A son col luy pendoit une targe à champ sombre,
Semée hault et bas de croix blanches sans nombre,
Que plusieurs traits et dards contre elle descochez,
N'ayans peu transpercer, y demeuroient fichez.   50
Elle avoit en sa dextre une guirlande verte
Semblable à celle dont sa teste estoit couverte.
Elle s'adresse à moy d'un visaige riant,
Et me dit : « Lève toy, lève toy, mon enfant,
Et repren tes esprits. Mon nom est Patience,   55
Fille aisnée de cil qui est la sapience ;
La parole et le filz qui une fois livré
A la mort vous en a pour jamais délivré.
Je suis celle qui rend l'homme heureux en ce monde,
(Si rien y a d'heureux en terre, en l'air, en l'onde)   60
Celle-là qui le rend riche en sa pauvreté,

Sain en sa maladie et en prospérité.
Quand plus il est battu de la fortune adverse,
Que la fureur des rois et la raige diverse (f. 76)
D'un peuple mutiné se bande contre lui,   65
Si humble il me choisit pour soustien et appui,
S'il prent ce mien bouclier pour sa garde et defence,
Il est hors de danger et franc de toute offence.
Certainement il fault que les pauvres humains
A la sueur du front et le travail des mains,   70
Passent par les destroits, parcourent les carrières,
Surmontent les sablons, traversent les fondrières,
Brassent par les forests, s'extriquent des destours,
Qui font empeschement au difficile cours
De leur pénible vie; il ne leur fault attendre   75
Que la manne du ciel vienne sur eux descendre,
Ayans les bras croisez, et qu'aux champs le froment
Provienne non semé, et qu'encor le sarment
Non cultivé rapporte un gracieux bruvaige.
Depuis que l'homme fol, de sa femme peu sage   80
Se laissa abuser par ce fatal morceau,
Ses enfants sont chargez de ce pesant fardeau
De peines, de travaux, d'ennuys et de tristesses[1];
Et entre tous ces maux celui seul est heureux
Qui peut patiemment supporter ses malheurs.   85
Celuy là n'est heureux qui en son abondance
A les espris boufiz d'orgueil et d'arrogance;
Cestui là n'est heureux qui jamais ne sentant
Le vent donner en proue, est toujours malcontent,
Mais celui qui battu de tempesteux orage,   90
Demeure patient et ferme en son courage,
Et mieux vault le content en son adversité
Que le présomptueux en sa prospérité.
Je sçai certes qu'il est très dur, très dificile
D'aprendre aux fols humains cette doctrine utile.   95
Je sçai qu'ils veulent tous disputer curieux,
Et subtils rechercher ce qu'ès plus secrets lieux,

1. Manque dans la copie le vers rimant avec tristesses.

— 8 —

De son saint cabinet l'Eternel tient en serre.
O fllz de la poussiere, O enfans de la terre,
O statues d'argille ! O que vos cœurs sont durs (f. 76 v).   100
Vostre âme opiniastre et vos espris impurs !
Vous voulez donc sçavoir pourquoi Dieu vous chastie.
Hé ! quand vous n'auriez fait jamais autre folie
Que de trop enquérir, certes vous méritez
Un chastiment plus dur que cil que vous portez.   105
Mais viença (?) orgueilleux, peut la mesme justice
Chastier la vertu, rémunérer le vice,
Peut la mesme bonté honnorer les forfaicts,
Coronner le péché et punir les bienfaicts !
Non, Non ! Si vous sentez de Dieu la main pesante   110
S'agraver dessus vous, si vous voyez penchante
Sur vos chefs menacez l'horreur de son courroux,
Vous le méritez bien ; et si bénin et doux,
Pour un temps il vous laisse exempts de sa vangeance,
Atribuez ce bien à sa grande clémence,   115
Non pas à vos vertus ; à sa bénignité,
Bonté, douceur, non pas à vostre intégrité.
Les grands débordemens de l'adamite race,
Leur désobéissance, orgueil, fureur, audace,
Donne à son grief courroux un sujet sufisant   120
D'exercer sa vangeance et son bras tout puissant.
Armé de soufre et feu, de foudre et de tonnerre,
Et de ces trois fureurs, peste, famine, guerre,
Peut bien quand il luy plaist, punir l'iniquité
Dont les ingrats humains blessent sa majesté.   125
Toutefois comme un père et pitoyable et saige,
Souventefois il cache et couvre son visaige,
Et destourne ses yeux sur la terre fischez,
Pour ne veoir des humains les fautes et péchez.
Moi j'oi gronder des chiens, des profanes athées   130
Qui ont les cœurs de fer, et de plomb les pensées.
Ils disent que les maux et les punitions (fol. 77.)
Que les adversitez et les aflictions
Ne tombent sur nos chefs sinon à l'avanture,
Par fortune envoyez ou bien par la nature,   135

Par un cours assuré, nécessaire et contraint [1]...
Aux constellations, que les maux et désastres
Dépendent de la seule influence des astres.
Car si Dieu, disent-ils, libre en ses actions,
Estoit le seul aucteur de nos aflictions,   140
(Lui dont le saint vouloir ne fait rien que droiture
Par ordre, par compas, par moyen, par mesure)
Le péché qu'une fois tu vois estre puny,
Jamais ne demourroit en aulcun impuny,
Vû qu'il n'est pas séant à sa haute justice   145
De moins punir en l'un qu'en l'autre l'injustice.
Mais nous voyons souvent les pervers verdissans
Comme un laurier branchu, et les bons languissans,
Mattez de mille ennuis, rongez de mille peines.
Mais jusquà quant, o fols, vos subtilitez vaines,   150
Vos disputes sans fruit, vos impies discours
Se feront-ils ouir et entendre aux plus sourds ?
Certes de vos propos le fiel et l'amertume
Descouvre de vos cœurs la puante apostume.
Celui qui a d'un rien créé tout l'univers,   155
N'aura-il point pouvoir de punir les pervers ?
Celuy qui a créé les cieux par sa puissance
Assujétira-t-il à leur vaine influence
Son vouloir libre et franc ? Non, non, ce qui advient
De mal en la cité, c'est du Seigneur qu'il vient.   160
Saturne courroucé, le fier Mars ni la lune,
Ni le front refrongné de la fausse fortune
N'y ont aulcun pouvoir. Et si par quelque temps
Nous voyons les pêcheurs impunis et contans,
Si nous voions la faulte en aucuns impunie (f. 77 v.)   165
Qu'en autres nous voyons très griefvement punie,
S'en faut-il esbahir, ou blasmer le Seigneur ?
Un juge pourra bien, sans blesser son honneur
Et sans être taxé ou d'ire ou d'avarice,
Ou d'aucune faveur, ne point punir un vice,   170
Et Dieu ne pourra pas sans se voir blasonner,

1. Il manque encore ici un vers rimant avec contraint.

Ce qu'en l'un il punit à l'autre pardonner?
Quoi! si Dieu le pardonne à cil que l'ignorance
A une fois trompé, mais qui a repentance,
Et non pas à celuy qui estant coustumier   175
D'offenser son saint nom se plaist en son mestier;
Quoi! s'il le veult ainsi, pour un petit d'espace,
Pour après tout d'un coup retirer d'eulx sa face,
Quoi! s'il le veult ainsi pour monstrer sa bonté,
Usant en autre endroit de sa sévérité,   180
Que s'il le veult ainsi, qui es tu, O vermine,
Qui t'establis pour juge à sa grandeur divine ?
Je le veux, dira-il, tel est mon bon plaisir ;
Et qui es-tu qui veux empêcher mon désir?
Car ces mots sont séants à ce grand Roy céleste,   185
Dont orgueilleusement use un tiran terrestre.
Que donc les faux discours de ces gens insensez
N'ébranlent vos espris mattez et harassez
De soufrir tant d'ennuis. Mais avec espérance
Prenez pour vostre appuy mon autre sœur Constance,   190
Car puisque c'est de Dieu que vient le chastiment,
Croyez que son courroux n'est pas si véhément
Qu'en moins d'un tournemain son ire ne se passe,
Faisant luire sur nous sa paternelle face.
Or pour plus exciter vos magnanimes cœurs,   195
A porter, patiens, ces temporels malheurs,
Sachez que le Seigneur non seullement envoye
Du ciel sur les humains la tristesse et la joye. (f. 78)
Mais que l'adversité (tant Dieu ayme les siens)
Sert plus à ses esleus qu'abondance de biens ;   200
Plus leur est le repos que le travail contraire,
Moins leur est le plaisir que l'ennuy salutaire,
Plus le malheur que l'heur leur aporte de fruit,
La maladie moins que la santé leur nuit.
Monstre-toi attentif à ces grandes merveilles,   205
Ne bande point tes yeux, ne bousche tes aureilles.
L'homme en son naturel a l'esprit si pervers
Qu'il oublie qu'un Dieu gouverne l'univers,
S'il ne sent sur son doz sa main apesantie ;

Mais sitôt que le juste a sa verge sentie,   210
Il se retourne à luy, ainsi que les meschans,
Se voyans chastiez prennent le frein aux dents,
Despitans le Seigneur, au lieu de repentance ;
Mais le juste en son mal s'arme de patience ;
Il recongnoist sa faulte et soufre constamment   215
Tout travail tant soit grant, tout ennuy, tout tourment,
Et humble va calant sa voile boursouflée
Qu'un vent trop à souhait avoit par trop enflée.
C'est pourquoi nous voyons que l'Esglise en sa paix
N'a jamais tant fleury qu'opprimée du faix   220
De mille afflictions, et au temps d'abondance
Les hommes sont enflez de vaine outrecuidance,
Ainsi qu'au temps contraire, ayant les corps battus
De la main du Seigneur, leurs cœurs sont abattus.
Un expert jardinier souventefois retranche   225
D'un arbre trop touffu une vivante branche ;
Pour donner et plus d'air et plus de nutriment
Aux branches qu'il y laisse, il taille dextrement
Sa vigne chascun an par trop luxuriante,
Et s'il ne fait ainsi, la vigne languissante   230
Trop chargée de bois bientost s'abatardit (f. 78 v.)
Et au lieu de bon vin du verjust nous produit,
Ou ne pouvant fournir la vitale substance,
A tous ses bras rameus, se meurt de desplaisance
Souvent le médecin, moins piteux que prudent,   235
S'il ne peut aultrement guarir son patiant,
Aguysant son razoir et afilant sa scie,
Pour sauver tout le corps, en coupe une partie.
Dieu de mesme, voyant les superbes humains
Par la prospérité lever leurs cœurs hautains,   240
Leur retranche tantost, O sagesse profonde,
Ou leurs plus chers amys ou les biens de ce monde,
Ou leur bonne santé, ou mesme quelques fois
Du corps estropié quelque membre il entame,
Ou le perd tout entier, afin de sauver l'âme.   245
Si doncques quelquesfois vos espris irritez
De se veoir à tous coups de tourments agitez,

Se monstrent inconstans, alors qu'ils se souviennent
Que c'est du Tout Puissant que ces maux leur viennent,
Et puisque sa sagesse et bonté ne fait rien   250
Que pour vostre salut, que c'est pour vostre bien
Qu'il vous afflige ainsi, non pas pour vous destruire ;
Car comment pourriez-vous resister à son ire
S'une fois sa fureur s'embrasoit contre vous ?
Las comment pourriez vous suporter son courroux?   255
Mais on a beau prescher un esprit idolastre
Des vaines voluptez, toujours opiniastre
Il se plaint du Seignsur s'il lui oste ses biens,
Sa femme, ses enfans, ses honneurs terriens,
Son pays, sa santé, et ne peult point comprendre   260
Que s'il faloit enfin venir à compte rendre,
Que lors il se verroit redevable au Seigneur (f. 79)
De cent biens pour un mal, cent heurs pour un malheur ;
Car Dieu est aux humains un pitoyable père,
Non un tiran cruel ou un juge sévère ;   265
Il est chiche et escars (?) en envoiant le mal,
Mais en donnant les biens très large et libéral.
Mais l'homme impatient s'escrie en sa misère :
Où est cette bonté, cette douceur de père?
J'ai perdu tous mes biens, je suis abandonné,   270
Banni de mon païs, je suis pris, rançonné,
Outragé en mon corps autant qu'en mes richesses ;
Où est ce Dieu dont tant on vante les largesses ?
Je veux, impatient, congnoistre tes malheurs,
Je veux ouyr tes maux, entendre tes douleurs,   275
Je veux d'un juste poids poiser ta doléance ;
Mais metant d'autre part à la contrebalance
Les bienfaits du Seigneur qu'ingrat tu vas cachant,
Je voi que ce costé est plus que trébuschant.
Ton Dieu veille pour toi et préserve ta vie ;   280
Ta femme, tes enfants languissent-ils de faim?
Au travail de tes bras Dieu te donne du pain.
T'a-il osté ta mère, il te laisse ton père ;
Apelle-t-il ta sœur, il te laisse ton frère ;
Pers-tu et père et mère et ton frère et ta sœur,   285

Dieu te laisse un mari pour ton consolateur.
Mais je pers mon mari, le plaisir de mon âme ;
Mais je pers mon soulas, ma tant aimée femme ;
Certes l'ennui est grand, mais Dieu, d'autre costé
Pitoyable et clément en ton adversité,   290
Te laisse des enfans pour soulaiger tes peines.
Mais je suis vagabond en régions lointaines,
Chassé, pillé, navré, où auray-je recours ?
C'est là que du Seigneur l'on espère secours ;
T'est tesmoin sufisant de sa grande clémence,   295
Quand lors que tu n'a plus ni support ni defense
Il substante ton corps en païs estrangiers (f. 79 v.)
Et preserve ta vie entre tant de dangers.
Mais mon cœur, brave et hault, languit de desplaisance
Et mon âme à tous coups bondit d'impatience ;   300
Mon sang bout dedans moy, mon généreux esprit
Meurt mille fois le jour de chagrin et despit
De ce qu'il fault qu'à tort je soy en moquerie
A un peuple brutal, objet de sa furie,
Sujet de son courroux. Non je ne me puis veoir   305
Hay pour avoir fait de tout point mon devoir.
Quoy ! veoir mes biens pillez et ma maison razée,
Quoy ! de veoir des meschans ma vie pourchassée
Pour n'avoir fait hommaige à la pierre et au bois,
Et avoir adoré mon Dieu selon ses loix !   310
O fol, que ton discours est ramply d'ignorance !
Un payen philosophe a bien eu la prudance,
Allant tout resolu à un indigne mort,
De dire à son amy qui se plaignoit qu'à tort
Il estoit condamné : M'aurois tu donc en haine   315
De vouloir qu'à bon droit j'endurasse la peine !
Je serois malheureux si j'avois mérité
D'ouir l'arrest de mort ; mais avec gayeté
Je soufre maintenant cette mort honorable,
Congnoissant en mon cœur que je suis incoulpable.   320
Toi qui ne peus soufrir d'estre à tort afligé,
Seras au jour dernier de ce payen jugé.
Apren, apren de luy de prendre en patience

Le mal non mérité, et pren ton innocence
Pour confort en tes maulx, joyeux que ton tourment   325
T'est causé pour avoir cheminé rondement.
Non que l'homme affligé aucune playe endure
Qu'il n'en mérite bien une sept fois plus dure,
Non pas que le Seigneur laisse vaincre son cœur,
D'un aveugle courroux, d'une injuste fureur,   330
Pour descocher ses traicts dessus l'âme incoulpable,
Car devant le Seigneur, tout homme est redevable (f. 80).
Mais j'appelle innocent cil qui selon la loy
Rend toute obéissance à son père, à son roy.
J'appelle l'innocent à la façon humaine   335
Celui qui une vie irréprochable meine,
Sans avoir offensé ceux dont injustement
Il est persécuté, qu'en vivant saintement.
Et certes en cet endroit mieux vault soufrir injure
Sans l'avoir offensé, desservy, que menant vie impure   340
Demourer honoré et sans punition.
Mais l'homme peu constant et plein de passion
Se chagrine en son cœur, se fasche en son couraige
De veoir que les meschans contans passent leur aage
Sans de l'adversité esprouver les rigueurs;   345
Qu'au contraire les bons sont mattez de langueur,
Chassez de lieu en lieu, sans presque avoir une heure
En un mesme païs asseurée demeure.
Mais voyons, je vous pri, d'un œil non partial
Balançons justement, poisons d'un poids esgal   350
Les biens dont les meschans ont pleine jouissance,
Et les maux qu'en ce monde endure l'innocence.
Certes nous trouverons que la félicité
Des pervers n'est qu'une ombre, et que la malheurté
Des justes n'est que jeu, car si l'âme est heureuse   355
Qui contemple de Dieu la face glorieuse,
C'est à dire si l'homme en ce monde est heureux,
Qui connoit pour Seigneur le monarque des cieux,
Et c'est ce qu'entendoient vos docteurs platoniques
Qui sublimant l'esprit, célestes empiriques,   360
Ailoient les cœurs humains qui sur les cieulx volans

Alloient ce monde bas d'un pied vaincueur foulans,
Comment n'est n'afligé s'il a la congnoissance
De son Dieu bienheureux, ou comment l'abondance
Des biens exterieurs peut elle bienheurer   365
Celui qui ne congnoist son Dieu pour l'adorer? (f. 80 v.)
Non, ne t'abuse point; les honneurs, la chevance,
Ni la puissance encor n'ont aucune puissance
Pour rendre l'homme heureux, et la félicité
Ne gist en des amys ni en la volupté,   370
Ainsi qu'aspre douleur, pauvreté ennuyeuse,
Perte de chers amys, impuissance honteuse
Et deshonneur ne rend un homme vertueux,
Plus misérable au monde et moins chéri des cieux.
Toutes ces choses cy ne sont qu'indifferantes,   375
Profitables aux bons et aux meschants nuisantes,
Et comme la vipère alimente son fiel
De l'herbe dont l'abeille engendreroit du miel,
Ainsi l'homme pervers tourne en poison mortelle
Les biens extérieurs dont une ame fidelle   380
Fait bonne nourriture, et l'homme patient
Avance son salut par les peines qu'il sent,
Ainsi que le meschant avance sa ruine,
Sentant dessus son dos la vengeance divine.
Mais bien prenons le cas que les biens de dehors   385
Et félicitent l'âme et bienheurent le corps;
Pensons qu'ils soient vrais biens desquels cil qui abonde
Ait en partie atteint le bonheur de ce monde.
Les hommes n'ont-ils pas tout receu du Seigneur?
Leurs biens et leurs amys, leur santé, leur honneur,   390
Leur sont-ils adjugez par le sort d'un partaige?
Sont-ce bien paternels escheuz en héritaige?
Non, non, les hommes n'ont rien en propriété
Que le péché, la mort, misère et malheurté.
Ce qu'ils ont d'abondant, c'est la main libéralle   395
Du Seigneur qui là bas ses richesses estalle
Qui le leur départit. C'est un don gratuit,
Non acquis par travail, non par cas fortuit.
C'est un don gratuit que le Seigneur révoque

Quand nostre ingratitude à ire le provoque (f. 81)   400
Donné non simplement, ains sous condition
Que Dieu le reprendra quant luy semblera bon.
Si donc vous provoquez le Tout Puissant à ire,
Ne vous estonnez pas si ses dons il retire,
· Ains le remerciez que paternellement,   405
De verge il vous chastie, envers vous plus clément
Que n'a pas mérité la grandeur de l'offense,
Et humbles rendez grâce à sa grande clémence
De ce que si longtemps sa debonnaireté
Vous a permis jouyr du bien non mérité.   410
Je ne puis point assez admirer la manye
Qui de ces insensez les pensées manye.
Sitost qu'ils ont perdu leur santé, leurs parens,
Ou quelque bien mondain, on les voit murmurans
Disputer contre Dieu. Peust la mesme droiture,   415
O rebelles, O fols, vous faire quelque injure ?
S'il vous avoit promis que vous vivriez là-bas
En jeus, en passetemps ; en plaisirs, en esbas,
Sans rien voir ny ouir qui ne fust agreable,
Rien gouler ne sentir qui ne fust désirable.   420
Fouillez vos cabinets, recherchez vostre escrain,
Voir si vous trouverez, signée de sa main,
Scellée de son scel quelque escristure antique,
Quelque vieil parchemin, quelque lettre autantique,
Qui le rende obligé : non vous ne verrez point   426
Que le Seigneur vous soit tenu en quelque point.
Bien estes vous tenus à sa haulte justice
De l'obligation qui naist du maléfice.
C'est l'obligation qui vous tient obligez
A endurer la mort, loyer de vos péchez.   430
Cela doit inciter vos cœurs à patience,
Vous reposant sur Christ et sur sa bienveillance,
Voyans qu'il a rompu cette obligation
Qui vous tenoit subjects à condamnation.
Loue donc le Seigneur, admire sa sagesse,   435
Ayme sa grand'bonté, adore sa hautesse (f. 81 v.)
Et croi qu'en l'univers rien n'advient aultrement

Que par sa volonté, congé, commandement ;
Que ce que tu pensois t'estre le plus contraire,
Pour ton bien et salut est plus que nécesaire ;   440
Que s'il te vient du bien il vient de sa bonté,
Que s'il te vient du mal, tu l'as bien mérité.
Ainsi tu passeras par la mer orageuse
De ce monde le cours de ta vie joyeuse,
Sans que ni les rochers, ni les vents, ni les flots   445
Puissent aucunement troubler ton doux repos.
Le dur temps ne fera amaigrir ton visage,
Et la prospérité n'enflera ton courage.
Tu verras sans bransler, bransler tout l'univers ;
Tu verras sans despit prospérer les pervers ;   450
Tu perdras tes amys sans pleindre oultre mesure ;
Tu perdras ta santé sans chagrin et murmure ;
Rien ne contristera ton esprit patient ;
Rien ne surmontera ton courage constant ;
Adoucis donc tes maulx d'une ferme espérance ;   455
Soulage tes douleurs armé de patience ;
Enfin, après avoir surmonté mille maulx
Tu mettras, bien heureux, fin à tous tes travaux,
Jouissant sur les lieux d'une gloire immortelle,
D'un repos accomply, d'un joye éternellé,   460
D'un plaisir tout divin, d'une félicité
Qui sera permanente à perpétuité. »

Voylà les beaux propos, vertueuse princesse,
Dont cette sainte vierge allégeoit ma tristesse,
Charmoit tous mes ennuis, me redonnoit vigueur,   465
Desgourdissoit mes sens et ravissoit mon cœur
D'un saint entousiasme. O vierge descendue
Du hault ciel, dis-je alors, tu sois la bienvenue ;
O céleste beauté, que tes propos sacrez
Sont doulx à mon aureille, à mon palais sucrez !   470
O vierge, chasse deuil, domte mal, charme peines (f. 82)
Qui par l'estroit sentier au ciel les hommes meines,
Qui auront mesprisé, d'un esprit généreux
Et les maux et les biens du monde malheureux.

Cependant qu'icy bas je feray demeurance, 475
Soi moi mon garde corps, mon fort, mon asseurance ;
Fai que par ton moyen mon courage constant,
Au monde et à la mort et ses dars résistant,
Participe en la fin de cette vie heureuse
Dont jouyt des esleus la bande glorieuse. 480

M'estant teu, elle dit : « Je m'en vay visiter
Une princesse à qui je voudrois présenter
Au premier de janvier cette belle couronne
Semblable a celle là qui mon chef environne.
Adieu, pour cette fois je la veux aller veoir 485
Et loger, si je puis, avec elle ce soir.
Et toi tu demourras en grâce et souvenance
De moy et mes deux sœurs Espérance et Constance. »
Adieu, dis je, mon bien, adieu vierge, mon heur.
Mais devant que partir, fai moy une faveur. 490
Elle, baissant le front : « J'octroye ta demande. »
Qui est donc celle là qui de cette guirlande
Coronnée sera par tes celestes mains ?
Certes elle est heureuse entre tous les humains !
« C'est, dit elle, une dame à qui l'expérience 495
A appris combien vault en ennuy patience.
Une dame suivant le chemin peu battu
Qui par aspres roschers conduit à la vertu,
Et qui sans mon secours n'eust eu ni paix, ni trêve,
D'un grand père orpheline et d'un grand mary vefve. » 500
Si je ne suis trompé, dis-je, souventefois
J'ai regardé sa face et entendu sa voix.
Elle est vefve, je croi, du grant prince d'Orange,
Grand non pas en trésors mais très grand en louange,
En vertu, en bienfaicts, fille, comme je croi 505
De ce grand Coligny qui la nef de la Foi (f. 82 v.)
Vray et saint amyral, de tous vents agitée,
A guidé courageux sur la mer irritée
Des persécutions. Mais fay moi cet honneur,
Ottroye moy ce don, cet heur, cette faveur, 510
Et je te serviray de fait et de pensée ;

Que sur son noble chef par mes mains soit posée
Cette couronne ci. Ne me refuse pas,
Et d'un lien estroit obligé me rendras
A t'estre obéissant tous les jours de ma vie.   515
Elle se souriant : « Si tu as tant d'envie
De faire mon message, or sus aproche toi
Et de ma chaste main la coronne reçoi.
Puis allant visiter celle à qui elle est due,
De par moy et mes sœurs humblement la salue,   520
Et luy fai le présent. » Je m'aproche soudain
Et reçoi le présent de sa divine main.
Je le tourne et retourne et le baise et rebaise,
Sautelant dedans moy mon cœur transporté d'aise.
Mais soudain disparait et elle et son présent;   525
Mon extase finit comme un songe passant.

        Princesse, par ces vers, je t'offre la coronne
Dont cette grand' beauté tes mérites guerdonne,
Car puisqu'elle m'a fait tant de grâce et honneur
De m'avoir accepté pour son ambassadeur,   530
Je serois accusé de trop d'ingratitude,
Si je n'exécutois en toute promptitude
Ce qu'elle m'a enjoint, veu qu'il m'est mesmement
A ma requeste enjoint, non par commandement.
Mais mon esprit grossier, ma langue peu diserte,   535
Mon stille mal coulant, ma plume peu experte,
N'ont peu sufisamment descrire ses propos,
Ni assés proprement agencer ses beaux mots ;
Pourtant je te supli, n'aye esgard, ma princesse,
Tant à l'ambassadeur qu'à sa dame et maistresse.   540

BOURLOTON. — Imprimeries réunies, B.

www.ingramcontent.com/pod-product-compliance
Lightning Source LLC
LaVergne TN
LVHW021813060726
842528LV00004B/1313